Título original: *Ernest et Célestine musiciens des rues*

Colección libros para soñar®

© de la edición original: Casterman, 2010

© de la traducción: Juan Ramón Azaola, 2017

© de esta edición: Kalandraka Editora, 2017

Rúa de Pastor Díaz, n.º 1, 4.º B - 36001 Pontevedra
Tel.: 986 860 276
editora@kalandraka.com
www.kalandraka.com

Impreso en Gráficas Anduriña, Poio
Primera edición: abril, 2017
ISBN: 978-84-8464-285-5
DL: PO 116-2017
Reservados todos los derechos

Ernesto y Celestina
MÚSICOS CALLEJEROS

kalandraka

–Mira, Celestina. La lluvia está empapando el desván.
Habrá que arreglar el tejado antes del invierno.

–Pero eso será muy caro, Ernesto. ¿Cómo lo vamos a hacer?

–¿Estás triste, Ernesto?

–No, estoy pensando cómo conseguir el dinero.

–Ernesto, creo que tengo una idea…
  ¿Dónde está tu violín?

–En el desván. ¿Por qué?

–Ve a buscarlo, Ernesto.

–No, Celestina. Es hora de dormir.

–Yo misma iré a buscar el violín…

–¡Ernesto! ¡Eh, despierta!

–¡Mira! ¡Lo he encontrado!
¡Venga, Ernesto, tócalo!

–¡Estás loca, Celestina!

–¡Por favor, Ernesto! Aunque sea solo por una vez,
haz lo que te pido… ¡Tengo una gran idea!

–Quiero dormir, Celestina…

–Sigue, Ernesto.
  Mañana iremos a tocar a la calle.

–¡Estoy muy cansado!

–¿Dónde están tus partituras? ¡Ah, sí!
  Ya lo sé… Espera.

–¡Aquí están!

–¿No tienes ya bastante?

–No, sigue tocando, Ernesto. Es tan bonito…

–¿Qué te ha parecido?

–¡Has estado magnífico, Ernesto!

–Entonces, me lo prometes, ¿verdad, Ernesto? ¿Iremos mañana a tocar a la calle?

–Sí.

–¿En serio crees que a mi edad puedo ir vestido así, Celestina?

–Sí.

–Estoy muy nervioso, Celestina…

–Cierra los ojos, Ernesto.

–No hay nada que hacer, Ernesto,
 ni una sola moneda…

–Regresemos a casa.

–Se acabó el violín para mí, Celestina. SE-A-CA-BÓ. No volveré a tocar.

–No digas eso… escucha: ¿Y si cantase yo contigo?

–Pero… ¿dónde has aprendido esas canciones tan bonitas?

–¡Vamos!

–¡Ay! ¡Ernesto, he olvidado
  ponerme mis botines!

–Ernesto, estoy muy nerviosa…

–Cierra los ojos, Celestina.

–¡Somos ricos! ¡RICOS!

–¡Venga, Celestina, vámonos de compras!

–¡Apuesto a que mi regalo es una bufanda!

–... Pues yo apuesto a que el mío son unas pantuflas.

–Pero, Ernesto, nos hemos gastado casi todo el dinero…
¿Y el tejado? ¿Ahora qué vamos a hacer con el tejado?

–¡No importa! ¡Lo dejaremos para la próxima vez!